Conception graphique de la couverture : S A J E

Crédits photographiques :
Rabat gauche : (haut) © S. Brégardis ; (bas) © Dankerleroux
Éléments graphiques : "Boîte aux trésors" © iStock/Thinktsock

IMPRIM'VERT®

ISBN : 978-2-7011-9780-7
Loi 49-956 du 16 juillet 1949 sur les publications destinées à la jeunesse.

Imprimé en France par SEPEC à Péronnas
N° d'imprimeur : 01662160735 - Dépôt légal : septembre 2016
N° d'édition : 70119780-01

Sylvain Brégardis - Dankerleroux

Tyl et les petits Elfes

Le monde magique de Zya

Belin Jeunesse

Les Territoires interdits
Les Pierres-Debout
Le territoire des Elfes de l'eau
La fontaine des Saphirs
Le jardin de Filtra
Zya
L'Elfe de l'eau

Le territoire
des Zouterres
Le territoire
des Elfes des prés
Le pont
Traverse
Le territoire
des Elfes d'en haut
Tyl
Talia
Timo
Les Elfes des prés

Chapitre 1

Rendez-vous à la fontaine des Saphirs

> Cher Tyl,
> Je t'invite samedi à venir assister
> à la fête de la Lumière.
> Rendez-vous à la fontaine des Saphirs,
> une heure après le lever du soleil.
> Zya

Le grand jour est arrivé !

Le soleil n'est pas encore levé,

mais Tyl est déjà debout.

SCROUNTCH ! Il engloutit sa tartine au miel.

Puis il court jusqu'à la fontaine des Saphirs.

C'est la porte d'entrée du territoire des Elfes de l'eau. Elle est gardée par quatre lézards.

Talia et Timo viennent d'arriver.

– Bonjour Tyl ! lancent-ils.

– Bonjour les amis ! répond Tyl.

Soudain, la fontaine des Saphirs se met à briller tel un trésor.

– **WAOUH !** font les petits Elfes.

Puis les quatre lézards plongent la tête sous l'eau et Zya apparaît.

– Les gardiens m'ont prévenue de votre arrivée, dit-elle. Bienvenue chez les Elfes de l'eau !

Zya se tourne vers les lézards. Elle leur parle dans une langue inconnue. Aussitôt, ils tendent d'étonnants colliers à Tyl, Timo et Talia.

– Ces colliers vous permettront de respirer sous l'eau, explique Zya.

Dès que les petits Elfes les enfilent, une bulle transparente se forme autour de leur tête.

– Vous êtes prêts ? Suivez-moi ! dit Zya.

Elle plonge dans le bassin de la fontaine.

Tyl, Timo et Talia plongent à leur tour.

PLOUF ! PLOUF ! PLOUF !

Pour la première fois, ils vont découvrir le royaume de leur amie Zya…

Chapitre 2

Dans le royaume des Elfes de l'eau

– Voici le palais de notre reine Amalya, dit Zya.

Devant la grande entrée, de nombreux chars tirés par des Limassols attendent.

– Que font tous ces chars ici ? demande Tyl.

– Ils livrent les premières Phosphorantines, explique Zya. Ces plantes scintillantes fleurissent toutes les cent lunes.

– C'est donc pour ça que vous organisez la fête de la Lumière ! dit Timo.

– Exactement ! Nous irons voir ces plantes incroyables tout à l'heure, promet Zya.

Les quatre amis se rendent sur la place du Corail, où tous les Elfes de l'eau préparent la fête. Des hippopinces accrochent de belles décorations. Des poulpiquets apportent les plats pour le grand buffet.

– Et maintenant, je vous emmène au rocher des Phosphorantines! annonce Zya à ses amis.

Elle fait signe à un tortaxi et c'est parti !

Les petits Elfes sont épatés !

Ils n'ont jamais vu de fleurs aussi étonnantes.

Timo tend la main pour en cueillir une.

La fleur résiste. Il tire plus fort.

Zya surprend Timo en pleine action.

– Non, Timo, ne fais pas ça ! s'écrie-t-elle.

Trop tard !

La fleur est arrachée !

Chapitre 3

Les Territoires interdits

Zya est affolée.

– Vite, il faut reboucher ce trou ! dit-elle.

Tyl, Talia et Timo regardent leur amie sans comprendre.

Zya explique tout aux petits Elfes :

– Les Phosphorantines sont des plantes très spéciales. Avec leurs longues racines couvertes d'épines vénéneuses, elles ferment le passage entre notre royaume et les Territoires interdits, qui sont de l'autre côté.

– Tu veux dire que les Phosphorantines vous protègent des horribles créatures qui vivent dans les Territoires interdits ? demande Tyl.

– Oui… répond Zya.

– Quelle horreur ! dit Timo.

Il prend une poignée de terre.

Ses amis viennent à son aide.

Mais soudain, ils entendent

un bruit inquiétant. **GRRRRRRR!**

Les trois petits Elfes se tournent vers Zya

et lui demandent d'une petite voix:

– Qu'est-ce que c'est que ce bruit?

– Pourvu que…

Talia n'a pas le temps de finir sa phrase.

SPLATCH !

Une coulée de boue

emporte Timo !

AAAAAH !

Chapitre 4

Pris au piège !

Tyl veut voler au secours de son ami.

Ni une ni deux, il prend son élan.

Mais Zya l'arrête.

– Attends, Tyl ! C'est trop dangereux.

Elle lance une liane à Timo,

en criant aussi fort qu'elle peut :

– Attrape-la ! Vite !

OUF !

Le petit Elfe a saisi la liane.

Mais sa folle glissade continue…

Timo est entraîné vers un tunnel,
qui est gardé par un ver géant.
L'horrible bête ouvre grand la bouche.
– **NOOOON!** crie Timo
Tyl, Talia et Zya tirent de toutes leurs forces
sur la liane pour retenir leur ami.
Mais le ver géant vient de refermer
ses mâchoires sur Timo.

– Au secours ! crie Timo qui gigote

dans tous les sens pour essayer de sortir.

Le ver géant se met à rire.

– Tiens, tiens, on dirait qu'il aime

les chatouilles ! se dit le petit Elfe.

Alors Timo gratouille la langue de la bestiole

avec ses doigts.

Le gros ver rit si fort qu'il recrache Timo !

Le petit Elfe atterrit au pied de ses amis.

Il est couvert de boue et de bave.

On ne le reconnaît plus !

– **BEURK!** fait Timo.

– **AH! AH! AH!**

Tout le monde éclate de rire.

Quel soulagement !

Mais pas de temps à perdre,

il faut retourner au rocher

des Phosphorantines !

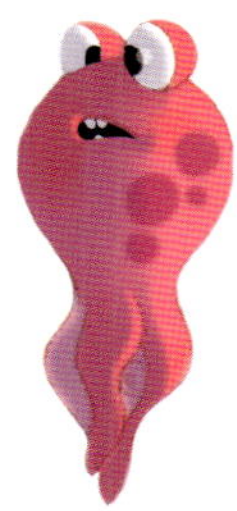

– Oh, regardez ! Les racines des Phosphorantines repoussent déjà ! s'exclame Talia.

– Et la boue ne coule plus ! Nous sommes sauvés ! ajoute Tyl.

– Ces plantes sont vraiment magiques ! dit Talia.

– Euh, vous n'entendez pas un drôle de bruit ? demande soudain Timo un peu inquiet.

ZZZZZ !

Chapitre 5

Une nouvelle surprise...

ZZZZZ... ZZZZZ...

Tyl, Talia et Timo lèvent la tête.

Ils découvrent au-dessus d'eux un nuage de minuscules bestioles lumineuses.

– D'où sortent-elles ? demande Talia.

Zya la rassure :

– Ces bestioles sont des vers luisants.

Ils naissent chaque fois qu'une fleur de Phosphorantine s'ouvre. Ils vont éclairer notre monde pendant cent lunes !

– Votre royaume est vraiment extraordinaire, dit Tyl.

Zya sourit.

– Ne traînons pas ! dit-elle à ses amis.

La fête de la Lumière va commencer !

– Est-ce que je pourrais me laver avant ?

demande Timo.

– Oui, bien sûr ! répond Zya en riant. Viens !

Il y a des crevettes-nettoyeuses tout près d'ici.

Elles vont bien s'occuper de toi, tu verras !

Crevett' station lavage

Chapitre 6

La fête de la Lumière

Timo est tout propre !

En route !

Les quatre amis retournent sur la place du Corail en tortaxi.

Quelle foule ! Il y a plein d'animations.

– Regardez, un cracheur de bulles ! dit Tyl.

– Et là-bas, il y a un super orchestre ! dit Talia.

– C'est un Mozartpieuvre, explique Zya.

Soudain, une lumière bleutée illumine l'autre côté de la place.

– C'est la reine Amalya ! s'exclame Zya.

Les amis se faufilent à travers la foule.

– Qu'elle est belle ! chuchote Timo.

La reine se tourne vers son palais et tend les bras. Aussitôt, des gardes ouvrent les portes des chars et des nuages de vers luisants s'en échappent. Ils scintillent de mille feux.

Tout le monde applaudit !

– Je n'ai jamais rien vu d'aussi beau, dit Talia.

Puis un air de musique retentit.

Tyl chuchote à l'oreille de Zya :

– C'est fantastique ! Merci de nous avoir invités.

Et tous les petits Elfes se laissent entraîner par la farandole…

Mission : « J'ai tout compris »

1. Bienvenue chez les Elfes de l'eau !

Tu as reçu une lettre de Zya !
Complète-la en replaçant les mots manquants aux bons endroits.

Cher humain,
Je t'invite à la fête de la Lumière !
Voici quelques consignes :
a Pour venir, plonge dans la fontaine des ______.
Quatre lézards te donneront un ______ magique.
b La fête aura lieu sur la place du ______.
c Ne cueille pas les Phosphorantines.
Leurs racines sont ______ et empêchent les créatures des Territoires ______ de venir.
Bises aquatiques, Zya

vénéneuses | Saphirs | interdits | collier | Corail

2. Vrai ou faux ?

a Les colliers magiques permettent à Tyl, Timo et Talia de respirer sous l'eau. ❏ Vrai ❏ Faux

b Talia a arraché une Phosphorantine. ❏ Vrai ❏ Faux

c Timo se libère du vers géant en le chatouillant. ❏ Vrai ❏ Faux

d Quand les phosphorantines fleurissent, elles donnent naissance à des ampoules. ❏ Vrai ❏ Faux

Solutions : 1. a. Saphirs, collier, b. Corail, c. vénéneuses, interdits. 2. a. Vrai. b. Faux, c'est Timo. c. Vrai. d. Faux, elles donnent naissance à des vers luisants.

3. Méli-mélo

Chez les Elfes de l'eau, certaines créatures ont de drôles de noms !

1. Les **hippopinces** sont des hippocampes à pinces qui accrochent tout.

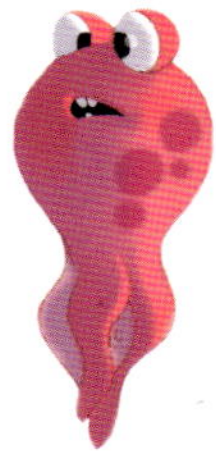

2. Les **poulpiquets** sont des poulpes qui s'enroulent autour des piquets. Ils sont aussi très efficaces pour faire le service avec tous leurs bras-tentacules.

3. Les **tortaxis** sont des tortues qui servent de taxis.

À ton tour, imagine plein de nouvelles créatures !

4. La langue des lézards

Pour comprendre ce que disent ces lézards, remplacent les lettres vertes par celles qui les suivent dans l'alphabet. De qui parlent-ils ?

Lézard 1

J'ai vu tn Dlfe des oqés aux bhdvdux artns couvert de aote ! Pouah !

Lézard 2

Hl est accompagné par notre alid l'Dlfe de l'dat. Dlld l'ellènera voir les brevesses-messoyeuses.

Solution : 4. Lézard 1 : J'ai vu un Elfe des prés aux cheveux bruns couvert de boue ! Lézard 2 : Il est accompagné par notre amie l'Elfe de l'eau. Elle l'emmènera voir les crevettes-nettoyeuses. Les lézards parlent de Timo et de Zya.

Crée ta guirlande lumineuse

Voici une merveilleuse guirlande pour éclairer ta chambre comme un petit Elfe. Elle peut aussi servir de décoration si tu organises ta fête de la Lumière !

Il te faut :

- → une guirlande lumineuse à LED
- → des gobelets en plastique transparents (autant que de LED sur la guirlande)
- → des tubes de gouache
- → du papier journal
- → une éponge (pour la peinture)
- → un cutter

(1) Prépare ta palette :
sur le papier journal, fais des petits tas de peinture de différentes couleurs.

(2) Applique la pointe de l'éponge sur la peinture, puis presse-la sur les gobelets.

Tu peux faire des pois ou des traces multicolores!

Attends que la peinture sèche puis applique sur tes motifs une seconde couche si nécessaire.

(3) Demande à un adulte de percer des petites ouvertures sur chaque gobelet avec le cutter.

(4) Enfile les gobelets sur les ampoules de la guirlande.

Allume: effet magique garanti!